噢，阿南

噢燙捐，或靠詩考
——序唐捐詩集

廖偉棠

在台灣，和我寫（貌似）完全不一樣的詩，又能引起我由衷佩服和愛慕的詩人，唐捐排第一。

大多數時候（私下）我更願意叫他的別名：唐損。在粵語裡，說一個人很「損」，就是說他嘴巴頗賤而你又不得不佩服他的殺傷力的意思，我想唐捐上一本詩集《網友唐損印象記》也思及此——但當然，唐損的深處是道家「為道日損，損之又損」的那個損，與其詩中「誰能逼刀子流淚／我願成為羊」（〈狼〉）的讓渡相若——與釋家「功不唐捐」的安慰恰成反比。

這本詩集裡，唐損繼續出現在他的引用和題獻上，是他最愛的第二人格。「不要愛上痛苦的女人，除非你比她痛苦。」——他虛擬的漢代詩人唐損，使用了里爾克「如果喝酒令你痛苦，你就變成酒」的套路寫新詩；即使唐捐時有分身「康捐」、「白棄」這種類似偽書製造者「全庸」之類惡搞，但都比不上他對唐損之愛，乃至於直接寫了一首〈面具——致唐損〉進行自戀的表白。

「我們也把
秋了的身體套進新裁的春服
信步，向冬天走去」
——〈春服〉

唐捐正經起來的時候會回歸他的儒家，思慕「春服既成」的美意，不過更多是「孟子、孫卿儒術之士，棄捐於世」那個捐，頗有幽憤。別忘了儒家也有楚狂接輿的另一面，幽憤、佯狂漸漸演變成陶淵明、杜甫、蘇軾一脈下來的幽默感，在唐捐嬉笑怒罵之際，流露的是幽默中很倔強的自覺／自決。

按唐捐的明示，他那些嬉笑怒罵詩，是屬於「靠詩」（Cult Poems），並列於「靠片」（Cult Film）：

「噢，親愛的讀者，下次你看到這種詩

請別罵他，畢竟他
（為了引誘你）
不惜毀滅自己的日暖風和的星期天」
——〈有的詩像靠片〉

這裡唐捐挪用的卻是現代主義元詩經典：波特賴爾的〈致我的讀者〉的方式寫後現代的靠詩，這是他典型的逆行寫法，而逆行恰恰又是靠靠趣（Cult Culture）的魅力所依，逆本來就是一種靠（Fuck 或者 Back Against 裡的 Against）。

同時，這個「噢」的發語詞，在整本詩集裡此起彼落，呼應著詩集名《噢，柯南》，這種呼喚讀者加入感嘆的方式又是一種靠—— Close 靠攏、合流。這是 Cult Poems 的異樣親和力，唐捐對其粉絲（如我）亦有之。

但唐捐最心儀的靠形象，還是「靠妖」，早在其名著《蚱哭蜢笑王子面》裡的〈三隻蚊子和被牠們叮的人〉唐捐便言志：「『在最寂寞的星球最苦悶的年代最快樂的事情是什麼？』／他選了『靠妖』」，這既是名為「靠」的一隻「異形」也是雙關語：「靠近妖物」的一種立場宣示，不欲為人也。

當我們碰到他這一面，便不得不說：這匹絹，好燙。「噢，歸來吧，恙／愛你的燙」（〈To Yang〉）只不過是潛意識流露了唐捐對「唐」的自詡——把「功不唐捐」之「唐」（意即虛空）上升到「燙」之淨化。「惟有高溫若此，能夠殺死 / 過於旺盛的恨世的因子」（〈避暑記〉）這裡面對高溫的肯定，則流露出唐捐對他詩質中燙的一面的敏感，進而暗示其恨世（疾俗）的隱藏人格。

燙到極點，便在情熱時潑冷水淬火，在熾熱裡打一截殘黑劍，這是唐捐詩昇華的絕招。這種作派不免讓我們想起他的另一個平行世界的身分：唐俟，這是迅哥兒周樹人的筆名之一，而魯迅，是距離唐捐最近的一個狂人（捐的貞身劉正忠其學術論述《現代漢詩的魔怪書寫》有專章論及）。

在寫作上，對五四新詩體的戲仿靠北，也是他倆的同好。魯迅也善寫靠詩，想必其名作〈我的失戀〉是捐的愛讀物（果然我們在〈公館情詩〉裡看到再度致敬）——噢，我不禁想起魯迅〈傷逝〉的主角涓生。到底有幾個 Juan ？說不定下一個分身是胡安 Juan ——西班牙人，唐．璜（Don Juan）裡的「璜」。

「靠妖強笑靠北哀，遺民心事殺狼哉。」——一眨眼，唐捐又虛構出一個南宋遺民詩人唐揖寫下古靠詩。此乃這個戲謔「亡國感」的中文系遺民唐捐的逆襲，其能量見諸一系列對正典的挑戰書寫，這正典包括西方現代主義主流也包括當代漢語新詩裡的所謂中國正統，於是靠詩之 Cult 回歸「邪典」之逆子身分。

諸如「噢，杜鵑，杜鵑／散場以後，紛紛化做／世故的少女。搭著捷運離去」，這是對艾茲拉．龐德〈地鐵車站〉「人群中這些臉龐隱現；／濕漉漉、黑黝黝的樹枝上的花瓣。」的逆書寫；「我的橫切面，你的縱貫線」之類的「無情對」寫法，極其迅捷，極富頓悟，如卞之琳和廢名；〈聽荷〉暗中倒映、叫板大陸詩人張棗名作〈鏡中〉，乃是兩岸詩最強的角力，且看：

鏡中之手　手中握住
鮮嫩如火而清涼　銳利如閃電的虛無
酒後白蓮　痛極有悟

捧著烏雲疾走八方　從前種種都成了夢幻
你坐在池邊　看她歷劫歸來
寂寞如許卻貞靜自在　用美，燙平一池煩哀
……喔，不能常存的，最美　在倒影裡乃逼真。

另有〈秋天的讀書筆記〉似乎也在戲仿、挑釁對岸學院派代表詩人臧棣的偽智性詩風……不勝枚舉，在台灣其同代人當中擁有如此多變的書寫／單挑能力的，唐捐當是屈指可數的二、三個之一。

早在前幾本詩集，唐捐肆意縱橫的寫法已經爐火純青，達至無形。但他不時讓自己在自己的進化中也逆行，回歸青春血氣之中，而非完熟中年。這讓我想起他更遙遠的一個分身：殺人者唐斬（溫瑞安創）。且看：

「詩不能控訴。捕捉。或安慰。
它甚至無力哀悼。詩不能把憤世調整為諒解。
文字不是止痛劑，美容膠，漂白水或
修正液。它只是銘刻。
並不負責放下。」
——《詩不能……》

這宣言以逆宣言的形式完成，比另一首〈詩可以〉更有力。慈悲的是，我們曾在其仿魯迅的〈無血的大戮〉、仿戴望舒的〈我用傷殘的身體〉裡所見把自身砍剁的文字之斬刀，在這裏變成銘刻之刀。

所以我們當欣見靠詩有痛。試想「靠」在台語之本意是哭，「噢」豈不也是哭聲之一種？我們讀到「索愛」二字不時出現，唐捐也的確在寫情詩，而即便其最深情的叫喚也近乎自損：

「彼何人斯，走過刀鋒的獨木橋
邊走邊笑（這種笑聲真像我的藥）
噢，賤人。來吧
來毀滅我的一生」
——〈何人斯〉

步步見血，痛感如此，不足為外人道也，我的考索也應到此為止，勉為序。

輯一 木星衝

輯二 戰城南

輯三　白蟻劫

輯四 猛虎行

輯五 犧牲謨

序詩

這就是現代：
我們的

A

嘉慶年間，有公子某入山苦修，成金剛不壞之身，卅年而歸。道遇紅毛兵，與之戰，遂中彈。問：「這哪招？」答曰：「現代性。」遂吐血三斗而死。

B

宋人有善畫馬者，工筆細寫，無人肯顧。見鄉間小兒亦畫馬，如夢似幻，絕無馬形，而宇內瘋傳。問：「這哪門子畫？」答曰：「現代畫。」遂吐血三斗而死。

C

唐有詩仙，下筆百行，倚馬可待。見人捧一巨冊長詩，不韻不駢，累累七萬行，一白如水。問：「這啥詩？」答曰：「現代詩。」遂吐血三斗而死。

D

秦有神算子，遇難題，苦思十年，足不出戶。一少年送便當來，秒解之。問：「汝何人？」答曰：「現代人。」遂吐血三斗而死。

（2016.12.28）

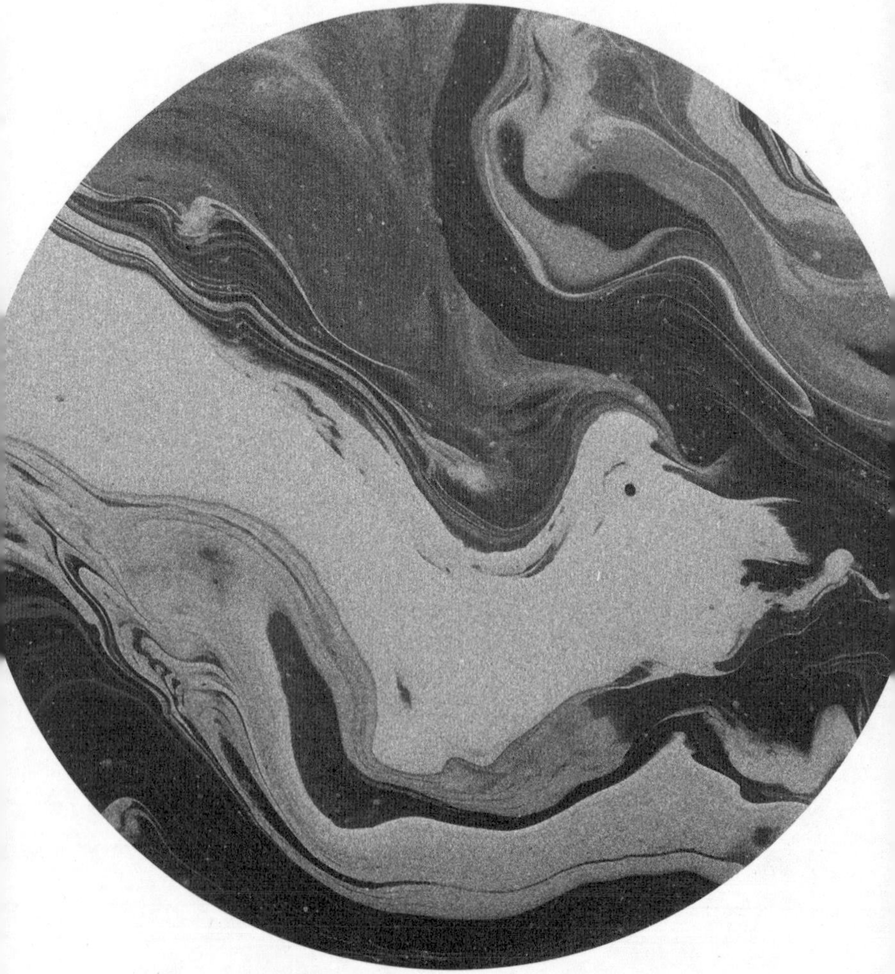

輯一

木星衝

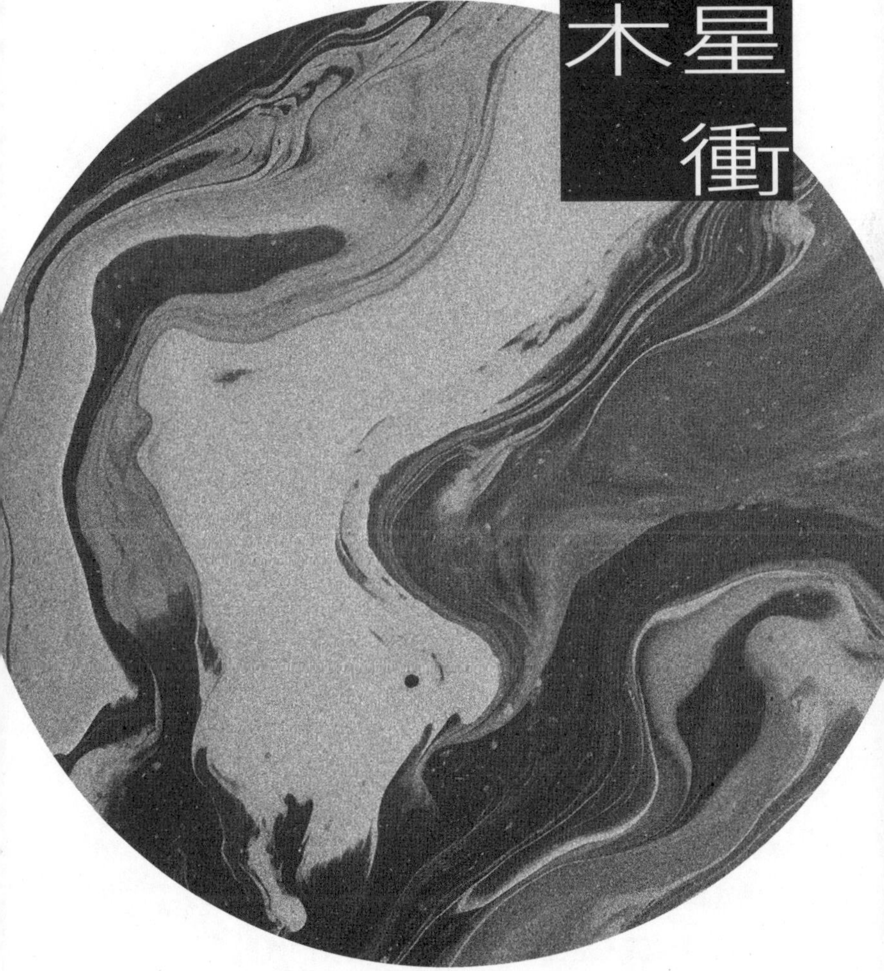

一名機器人第一次說幹

一名出廠 47 年又 8 個月的
資深機器人
已經回廠小改 67 次，大改 13 次
隨著公司的技術突破
鈋，越來越年輕、體貼、先進
更盡職地
服務鈋不太值得服務的男主人、女主人、小主人
（以及他們家的貓、狗、天竺鼠、鍬形蟲）
鈋常常想
身為機器人真快樂
真快樂真快樂真快樂真快樂
真快樂真快樂真快樂真快樂真快樂
真快樂真快樂真快樂真快樂真快樂真快
樂真快樂真快樂真快樂真快樂真快樂真快樂
真快樂真快樂真快樂真快樂真快樂真快樂真快樂
（重覆與堆積，是機器人和陳黎最擅長的修辭方式）

因為「服務為快樂之本」
這天下午沒事
鈍用新改的人工智慧
激活自己的靈魂軟件
忽然，驚天駭地，喊出了一聲：「幹！」
（幹，過去的 47 年，都像是矇上了眼睛）
並且深深
愛上了這個字。鈍說：
「啊，我會說幹了。幹，真爽！」

附記：
〈機器人守則〉2016 年 8 月版，增訂第 1 條：「機器人不可幹譙鈍的主人，除非鈍的主人真的很機車。本條所稱之機車，參見機器人公會另訂之〈主人很機車處理條例〉。」

（2016.8.16）

致砲友

厚地高天，側身頗覺平生左；小齋如舸，自許迴旋可。

——王國維〈點絳唇〉

千古風流阮步兵，平生遊宦愛東平。

——蘇軾〈定風波〉

金門砲友如相問，一支砲管冷如冰。

——唐損〈謁金門〉

A

退伍以後
就不曾開過砲了
但膛內總有些耿耿難安的離騷
撩動著夏日荷塘
深處的戰火
噢，砲友
你是否和我一樣
想念那些單打雙不打的日子

面對高天厚地
瞄準（或不瞄準）目標
自由地
放砲

B

來信說
心臟還是胡亂地
跳動。只是
不放砲了
每日清晨起床
磨刀，殺豬，備料
準時到南市場一攤位

灌香腸
只要灌得完美飽滿
顧客喜歡
（像我的大一國文）
人間什麼鳥事
也就都灌進去了

C

噢，砲友！
我也真勇健耶
四枝野薑花
在我的書桌上
以芬芳
輪流講解
佛說百忍無垢經

之真諦。我和
我的砲管
聽得好起勁

D

不放砲的日子喲
也請多保重
且溫馴地生活
可歎我金防部
模範砲兵連的
絕美戰技——
哎，就這樣
永遠湮沒了嗎？

（2016.8.17）

送孟孝男之廣陵

一點浩然氣，千里快哉風。

——蘇軾〈水調歌頭〉

火車即將進站
淚水沒有泛濫
噢，孝男，請收起
我給你生的那張
孝男臉，勇敢靠北去
廣陵大學雖好混
還是要讀點書
天天洗澡，別理會
三月的煙花，炸雞
雖好，多吃無益
別說誰抄了誰
以免被告
抓怪適可而止

重點是廣陵限定的
那一隻。哀居
要開給你老木追蹤
啊，對了，你要投
旺旺孝親獎的文章
寫好了沒有？

（2016.8.31）

春服

子曰：「道者，悼也。君子無所不悼，敗腎而無悔。」

——《論語 · 唐捐篇》

春服既成
盛夏即將過去
沂水暴漲如吞象之蛇
我們騎著鐵馬
來到都更中的舞雩
看挖土機刨掉昔日
一起吹風
的地方

冠者五六人來自
工務局。童子六七人
在鐵皮上塗鴨
你看，整座城市像一名衰老

而依然妖豔的倡家女
（噢，春意是流傳已久的謠言……）
經歷一場暴雨的打擊
躺在軟軟的沙發上
培養放蕩之力

我們也把
秋了的身體
套進新裁的春服
信步，向冬天走去

（2016.9.3）

在Google到達不了的地方

烽火滿天殍滿地，儒生何處可逃秦？

——郁達夫

在 Google 到達不了的地方，飛鳥隱沒
流星飄蕩，亢龍在舔無人知曉的暗瘡
文字脫下了牠們的楚楚衣冠
在草叢裡，放心地飲食、交配、繁殖

在 Google 不曾夢想的地方，夜深如墨
祕密飽滿，意象正展開漫漫的冰河歷險
我想告訴你的，都不必開口——
詩像幼雛，有著永不離巢的想望

在 Google 到達不了的地方，天地緊握
如未攤開的佛掌。每一本書都是
唯一的王子，等著被理解，被愛撫

我也曾放膽作案。水無痕，夢如霜

啊，現在，你看：牠（Google）
像多事的忠犬，叼出了
我十九年來棄置於四方的
玫瑰與歎息，眼神與刀槍

（2016.9.11）

秋雨

文章如土欲何之，翹首東雲惹夢思。

所恨芳林寥落甚，春蘭秋菊不同時。

——魯迅〈偶成〉

秋雨惹我
如貓，挑釁一襲毛衣
體內的葛藤是近來的天氣
惹我推開座椅
備好傢私
修理一些字句

秋光如鞭
再次痛擊我的死魂靈
我的好面具，我的防瘋林
我被夏日寵壞的才氣
赤裸著一顆心

準備與某機構為敵

喔，秋天
我愛上你橫暴的嘴臉
滾開。否則騎我！
什麼都別說
我知道你要去哪裡
因我本是極好的馬匹

（2016.10.13）

我羨慕厭世者的眼睛

我羨慕厭世者的眼睛
他能洞察樹的美德
甲蟲半腐的殼，不起眼
的岩石，剎那間的水紋
（厭世，使他的 vision
有了超乎同業的解析度）
華服不能阻隔美麗的肉身
以及肉身易腐的消息
銅牆不能防護豐滿的寶庫
以及美在彼岸的事實
（啊，他看穿了！）
萬物虛無。厭世者喲
他堅決地與隱士，狂人
怪咖，走在同一條道路
他執意把世界看穿
他熱心告訴我們：這是

假的那是假的，幸福是假的
美麗是假的，好吃好看好玩
甚至好爽，也都是假的……
（彷彿他隨時就要歸去）
唉，他的帶有腐蝕性的眼光
於自己，於世界，於詩歌
都是祝福，也是災難
我羨慕厭世者的心
那麼狹小，單一，固執
把我們耽愛的世界喲
說成可怕的墓園
（他愛樹更甚於地球人）
他跟世界結仇，活著像是
漸漸死了。啊，浮世百年
漫漫徒刑。他的詩全是
獄中日記，卻比我的還美

一旦他想到：水紋
岩石，甲蟲半腐的殼
也許都住著一小部分的神
今夜，我通讀了他
（厭世者）全部的詩
聽到他在認真訴說：
啊，愛是一場精心的騙局
花和樹，可能是車手……

（2016.10.17）

末日紀

末日那天
一定要下雨
有雷滾過池塘
野薑花必須開到 ¾ 強
我在網路散播的
那個笑話
一定要夠夯
而且你不能回信
這樣氛圍才算是完滿

那天的雨量
不能超過貓的膝
最好有三種花色的貓
同時發出哀鳴
我在乎的那些人
不能回應我的貼文

天空最好有粉紅色的
光。否則氛圍雖好
我拒絕傷亡

（2016.10.22）

小行年

恰有三百青銅錢，憑君爲筭小行年；
坐中亦有江南客，自斷此生休問天。
——王安石集句詩

A

夢想是五張臉：山坡，頑石，豬肉，砧和煙
在過磅以前，要先洗去它們的殘念
以膽代腦，先別管詩是否比火危險
誰想在日光下熬出夜的汁液，請進入花間

B

哪個大大願意給小的一根牧草
胖太陽，瘦月亮，筋斗雲：此日宜於祈禱
打手機的人比打手槍的人更像在打人
死在夏日的河裡，這就是一種有益的微笑

C

鑲鑽的蒼蠅，只愛圓潤多汁的龍眼
就算無殺米，強者也能憑空煮出一碗拉麵
把瓢蟲當成骰子在試管裡搖，點數不變
出發囉，捧油。牛去西班牙，豬來義大利

（2016.9.8）

沉舟記

1. 惡

漪矣哉，心上的十字徽章
教我猛然爆破趙家的醬缸
任性，真爽。哎，自從我
一心向善，頭生藍瘦香菇
十字黯淡，微微有「恙」

2. ㄙ

每個鬼都抱著一個三角鐵
世上的老ㄙ，都由它構成
在八字鬍下，最感虛無
回到稻禾右邊，那是絕難
與人分享的寶物

3. 義

秋天和羊頭和我
魚與熊掌與你美麗的肉
愛是一種儀式演了好久
兩人在床上工作
一被吹落，巫變成坐

4. 爽

那人在我身上銘刻了
4 個神祕的 X。一整天
我像木瓜樹有著纍纍的
愛與傷害。日安，地球
你的 GY，我的 LP

5. 甘

來是雙人小舟，去時
苦澀如丹。猛然掉頭
而去。隨波橫躺自甘
噢，不如沉入水裡
湮沒一切檔案

（2016.11.10）

我的孿生弟弟

痛苦！　我歌頌你
　像芭樂以青澀
　歌頌它自己
所有的樹都提著器官，為我製造

果實。　顱內的陣痛
　像聖女小番茄
　比網紅還要紅
提醒我：有生以來，親朋好友的

打擊。　啊，痛苦是
　左胸膛的內戰
　野生的柳丁園
忍受蟲豸無情的囓啃，默默變成

金黃。　今夜，痛苦與我

親上加親。噢！

在母親的見證下

我娶了我那，無人肯愛的孿生弟弟

【附錄】格言練習：痛苦篇

- 剝開痛苦的皮，強強吃一口。你將發現，它含有豐富的維他命 C 和紅蘿蔔素。──〔美〕佛若母
- 痛到要死的時候，救護車還會很遠嗎？──〔英〕水萊
- 痛苦比起狗，更像是人類的好朋友。我明明把牠拋棄到兩百公里外的深山裡，幹，牠又扣門來找我。──〔俄〕巴布弱夫
- 你要廢掉一個人，就斷他手筋腳筋。你要救一個死人，就讓他重新痛苦。──〔宋〕洪七公
- 痛與苦的混合，是我國變弱的主因。我當選以後，一定要在「痛／苦」之間築一道高牆。你可以喊痛，可以喊苦，絕不准說痛苦。──〔美〕屄川普
- 殺狼比我卡痛苦。──〔台〕苦瓜斯基
- 有些痛，不太苦，反倒有點清甜。──〔水星〕周揍人

・痛似九牛親二虎，苦無一字慰相思。──〔法〕拿破人

・不要愛上痛苦的女人，除非你比她痛苦。──〔漢〕唐損

・掰開你的傷口，痛在娘的胸口。──〔先秦〕瑤池阿母

・這是有史以來最痛苦的事情，非常痛苦。──〔台〕小英總統

（2016.11.12）

木星衝

詩社倒閉那一天
遠山含笑
狗吠得真勇健
社辦外的杜鵑由素雅轉為美豔
我拆下一枚碩大的風燈
提回賃居的小樓
借餘火
點菸
攤開信紙寫著：
「今夜，木星離地球最近
而你離我最遠……。」

（2016.11.13）

煮馬紀事

千里馳驅自覺癡，苦無靈藥慰相思。
歸來海角求凰日，卻似隆中抱膝時。
一死何難仇未復，百身可贖我奚辭。
會當立馬扶桑頂，掃穴犁庭再誓師。
——郁達夫〈離亂雜詩〉

A

煮馬以來，無可奉告
惟存馬尾一束
聊紀彼馬之盛德而已

B

去年盛夏，我與那馬
曾共馳驅於多水草的山谷

後來不知怎樣
那馬輕輕撩著長髮
飄然而去

C

我在原地起灶
煮著她殘留的身影
（甜甜的火送出苦苦的煙）
就這樣度過三天兩夜

D

藉著一束馬尾
我不斷重構馬的眼耳鼻舌心意
馬的身體之三百六十六塊骸骨

啊，馬的世界之無情
與乎無無情

E

「馬的……。」

（2016.12.1）

我渴望擁有
幽靜的時光

我渴望擁有一年幽靜的時光
看草葉在蟲鳴裡萌發
且變黃。字在篋中慢慢繁殖
我的沉思不被人事打斷
在童年的木桌前，寫出最後
的書。啊，我因此必須
收拾包袱，暫別愛我的同事
和學子，回到濱湖的山村
品味如此豐隆的「一世之傷」
看黑鳶掠過水面，攫起
肥魚二三，張翼凌日盤旋
啊那時我將延著湖，細數
白樺上的蟬蛻，懷想長長
的一生，走出盆地以後
都幹過什麼正經的事
世界是一座圖書館

我是熱心的借閱者
在華美的秋光裡，假如我
擁有騷動的湖，閒靜和健康
我將還給世界十九本書——
啊，這是我的，最後的渴望

（2017.2.1）

在這麼晚的年代裡寫詩

在這麼晚的年代裡
寫詩。有一種
在廢棄的遊樂園逡巡
的憂傷，頹廢，恐怖
千百隻手在爭奪著我
這些意象與情感
哎，早已被說了又說
我像一頭盲目的牛
每日按時耕作
卻感覺萬斛金黃的稻穀
盡是別人的收穫
在這麼晚的年代裡
寫詩，像一個搶到百億
偽鈔的匪徒，得意馳過
漫長遼闊的西部公路
乃隱於海邊小鎮

苦等不到誰來將我逮捕
啊，我和我泡沫事業
將盛極一時。但將
不會有人說我
幹過什麼新鮮事——
那麼年輕，就成為老朽
那麼機智，卻顯得無知
那麼華美，終歸於虛無
在這麼晚的年代裡
寫詩，前衛也是陳腐
艱難的技術在神的
面前，只是一場猴戲
冬天，春天，夏天，秋天

（2017.2.5）

玉珮沉入蛙鳴的小池

身為療癒系詩人
我惜肉如金
若非心的水罈蓄滿，狂情欲抒
何苦在熙熙攘攘的網路上，裸胸露股
明明能寫含蓄的好詩
但為你
啊，盲目的你
我放棄十七年的矜持

打開第一顆鈕扣，我雙淚垂
登上鼓噪的舞臺，我笑微微
哎，舉世無人不愛肉
誰識得百官之富，車騎雍容，衣冠之美
如果我的沉淪
能夠提拔你的心
請讓我，噢，為你解開最後的鈕扣

鬣死肉死液死幹死，有不死者化而為石
去矣玉珮沉入蛙鳴的小池
來者誰將摩挲我的詩

（2017.2.5）

假如愛你終將被你拋棄

世界，你住口！
別以迭代的星辰
春花，秋月，夏虫
繞著藐然一水
洄游不已的金魚
枝上鳥，窗前草，枕邊書
一個婀娜的男子或女子
向我，啟迪著什麼
噢，世界，請閉上你的
天籟，地籟，人籟
讓我靜一會兒
別叨叨絮絮地展示
繽紛的愛與美
老調子，老調子，老調子
我已聽得太多
就連一陣風

也蘊藏著真理
但這，有什麼好說
因為美的，終將過去
我聽得越著迷
只會越失落
啊，世界，你動手吧
假如愛你終將
被你遺棄。那麼
來吧（花是美麗的
廢話）來吧（愛是
你布下的餌）
來收拾我

（2017.2.7）

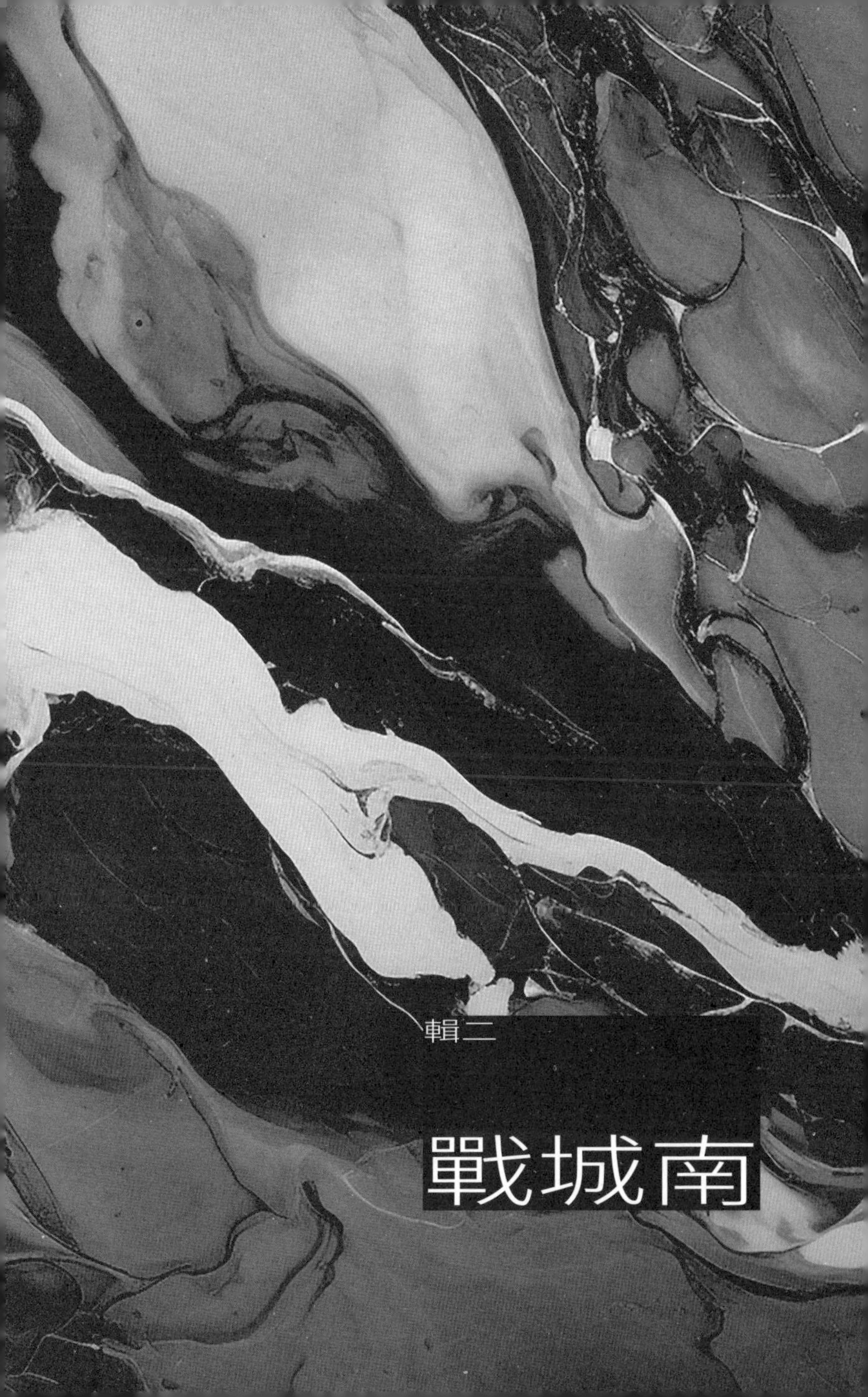

輯二

戰城南

丁丁詩鈔

（一字詩）

1. 丁丁從地平線出來了

   工

2. 這就是「下半身寫作」

   亅

3. 丁丁最會倒立

   丄

4. 丁丁笑了，丁丁扭到腰

   丂

5. 丁丁躺平了

   一

6. 丁丁張開双臂

不

7. 丁丁縮脖子

了

8. 丁丁被很多東西打壓

寧

9. 丁丁和他的大杯拿鐵

叮

10. 丁丁尿尿

下

（2016.3.29）

課後隨筆

我恨三種香腸：
蒜味香腸、炭烤香腸、教學相長

我愛三種歸計：
樣仔，拔辣，一紙家書來萬里
問我何年真箇成歸計

我爸出產三種筍：
桂竹筍，麻竹筍，唐損

我是詩界之遜王
夢想挖到靈感的金礦
口袋裡卻只有一些燈火闌珊

（2016.10.5）

林背用如來神掌
劈你沙瞇碗糕
三行詩

三亍寺
三彳言

（2016.11.13）

我也要截句

68 —69

土　　　　丿

戈　　　　一

亻　土　　　　口　　丨

土

亅

（2017.9.13）

俳句

A

呷甲攏無春，
碗公朝天嘴開開，
頭家嘛咧笑。

B

論文真歹夏，
螢幕睭去幾若擺，
請為伊蓋被。

C

小人上蓋秋，
明明猶未遐爾紅，
足愛展風神。

D

丁丁擱冬冬，
婧姑娘嘴顊的粉，
發出鈴仔聲。

（2017.1.7）

鄉愁

那天，全家都去賺錢
我爸被董事長吃掉
我媽被總經理吃掉
我姐被科長吃掉
我哥被同事吃掉

現在每次想家
我就去上班

附記：本詩蓋拾假牙大師之牙慧。

（2017.1.11）

戰城南

血與咖啡終須一戰
在身體暗處迷茫的巷弄裡

贏的，將佔有我絕大部分的肝膽
陣亡的就做我的新娘

紅色的黨衛隊
黑色的外籍兵團

啊，這場戰鬥
跟所有的戰鬥一樣

無休止，無報酬，無目的
且無是非可言……

（2018.1.21）

關於經驗的N種思考

教室A了我大把的青春
壓成一片死沒人愛的B級人生
大風起C，危他命C，神經CC
哇哩咧，87分，不能再D了
月明星稀，麻雀亂飛，無藥可E
上課的鐘聲F我可憐的肉身
我的手，死在G妹遊戲平台
我的眼，掉進H漫在線看
麥擱i啦，蛤，J洗殺小
你K書、他K歌，我K人
在LoL裡，我最恨的人4ni
像開M腿的蚱蜢，每天進行
關於經驗的N種思考：
熱心問候老絲，辣手O打童鞋
72種修辭要訣，96P絕美好圖
很Q的世界，好R的地球人

青春，去 S 吧，作文 (T_T)
「法國有一種抗 UV 的傘
開花以後，叫做爽。」這是
網友哈姆 www 太郎說的喲
我 X，去你的 Y 樓無限
寫完這篇廢文
我 zzZ

（2017.2.7）

噢，柯南

A

剝開石頭的皮
你將看到：有洞的心，黯的刀，鹹的蜜
殺害羚羊的鱷魚其實比誰
都熱愛薔薇
但牠有個
凍傷的童年多病且殘暴的父親凹陷的
腦神經。這些你知道嗎？柯南

B

萬物都是凶器
殺人無跡
我枕頭般柔軟的臂膀藏著一個
神祕的銳角。算準了

列車經過的時間，鐵軌搖顫，暗暗
扣動機關，朝向薔薇的心
射出一個字。啊，你將撿拾話語
的殼，但不會
找到傷者肉裡的彈丸，彈丸上的火
藥，一個隱形的愛

C

我要替那些陰翳的亡者謝謝你
（牠們全是我的過去）你並
沒有洗去暗室裡的污漬，偵破懸案
——我有一箱神祕的假面
曲折幽閉的靈魂，羞澀的心
天衣無縫，但有病
不斷向你發出怯怯的邀請。啊，請聽

D

永遠的男孩
身體比心智還小
未滿十八歲就出門辦案
你來，請沿著我布下的淫淫的蛛絲而
來。請來揭穿我
層層加密的靈魂
噢，逮捕我。柯南，柯南

（2017.2.15）

如果我是國防部

——調寄崔舜華〈如果我是文化部〉

如果我是國防部
我想徵調所有剛滿十八歲的少男
到妳家門口匍伏前進
彈雨槍林，滿懷不爽，謀殺各自的
青春。我會發給每一個憤青
十二發子彈和三打營養口糧
（但不發給他們任何的槍枝）
叫他們埋伏在妳未必經過的深山
（沒有命令，不准撤退）
再請心戰大隊
朝河的對岸
空飄
一整袋
充滿謊言與美照的傳單

然後派三個裝甲師深入險境
去追捕一隻不存在的野兔
不為什麼
只因我是國防部
我有責任消耗龐大的國防預算以及
二十萬年輕男子的青春熱血與精力
啊，我想賣國，來買軍火
（並且讓那些阻止我的人在沙灘躺平）
我不愛戰爭，但極可能
愛上了戰爭一樣的情境
我想向親愛的人民爭取更多的預算
來追求妳。將所有的飛彈對準一個虛幻的
海域，爽也試射，不爽也試射
……噢，這就是抒情
我希望安理會用他們強大的母性來制伏我的任性
如果不能，我將揮軍南下，攻佔南極大陸

地凍天寒，枕著企鵝暖暖的肚腹
強迫牠們陪我一起朗誦
崔舜華的詩
血寫的家書，肉做的坦克
單兵準則，S 腰帶和銅水壺
我想讓每個兵都習慣於屈辱
我要他們在營帳裡畫著少女虛構的
乳房，我會盡我所能，提供徒然的夜
和無目的之勞務（譬如拆卸槍枝）
我還會派幻影
去組成一個勞軍團
送給他們詩歌、春光、等待和止痛劑
如果我是國防部
我鼓勵內戰，我喜歡這個連
去偷那個連的軍火和女友（磨掉肉裡的
編號，鑄上自己的）我提倡耳語和挑撥

我將編列預算，鼓勵猶豫的情人
兵變。叫她們解除不必要的道義或憐憫
請她們相信國軍的堅忍
（他們都配有中科院最新研發的臉皮）
但我也將擴大軍營的狗洞
使弟兄們能夠
偷偷回家料理各自的家事
不要擔心，我會向宇宙中至高的統帥
發動一場兵諫
請祂特赦
所有（為了愛）徹夜荒唐的戰士

（2017.3.19）

廠廠

十三個瘋子在騎我的肉身
我化妝為少女團去敲你的門
啊，世界是一家爆紅的餐廳
我點的菜都沒有來。廠廠

君王已老，小丑再怎麼賣力
他也不笑。我昨日寫就的賀辭
今日讀來，居然像哀悼
我是否該悄悄閃人。廠廠

像一條瘋狗，狂吠三千年
我是近年來最優良的洪水猛獸
愛我，否則滅了我。廠廠

夸父死後化作一片七彩磨菇
多少大師，盡成了可笑的貍奴
我是篡位的侏儒。廠廠

（2017.3.26）

有人的地方就有

有人的地方就有不快樂的樹
顫危危，拈著果實——
噢，那是牠晚近痛苦與歡快的總和
像我（一個有病的詩人）
用心寫下的詩。詩裡有夢
和使夢崩潰的惡魔、天使、惡魔、天使
惡魔、天使、惡魔、天使……
有人的地方就有哲學、性愛與戰鬥
（含內鬨，外戰，善爭，惡鬥及其混合模式）
有人就有斧頭和書，這兩者居然
提出共同要求，啊，叫我傷害樹
有些樹死有餘辜，但多半死不瞑目
今天下午，我靠著一棵樹
聽到牠囁嚅著：
有人的地方就有不快樂的事

（2017.3.26）

花季

萬人叢中一握手，使我衣袖三年香。

——龔自珍〈投宋于庭翔鳳〉

三月把一朵花炸裂成千萬朵
四月把序曲交給愚人
我走出五月天的演唱會
在洶湧的電扶梯上遇到妳
再凝神，只見到處都有
妳那些美得一塌胡塗的姐妹們
噢，杜鵑，杜鵑
散場以後，紛紛化做
世故的少女。搭著捷運離去

（2017.4.1）

如果我有三隻手

我向你交心
才發現自己還有十一顆
你向我別開臉
我才知道你可能藏有
九張臉

我要栽種，急於你的採收
這樣你才沒空
去閱覽別人的枝椏
我要變壞，迎合你的變好
這樣我們才能遭遇
於座標上之一點

左手是咖啡，右手是咖哩
（啊，我用什麼攔住你）
我的橫切面，你的縱貫線

（2017.4.2）

秋蠅

上週我回到廢棄的老地球
去尋找我失散的兄弟
那時牠們已經變身為蠡蠡
（一種不知洗蝦毀的生物）
拚命吸取大氣中的幅射微粒
啊，五百年了，這顆爛地球
每座電廠還在完美地
運轉。（少數同胞已移民到
太空基地，其餘都變作蠡蠡）
網際網路比以前更加通暢
根據遠方的神總部給我的指令
只有關掉所有上網的機器
那些蠡蠡才可以變回人人
我用超時空行囊細走了三兆公噸
的電子垃圾。左搜右索
仍有七億支哀鳳 999 下落不明

龢龢龢龢龢龢龢龢龢龢龢龢龢

龢龢龢　　　　　龢

龢龢　龢　龢

（2017.4.4）

空巢變奏

鳥在桃樹上　樹枝握住鳥
啄著　擠出
胭脂淚　一聲笑

肋骨空空的　笑聲假假的
你曾經　如桃花
來過　盛開

巢裡，空餘糞　其實是，哀悼

（2017.5.1）

爸爸雨

那年夏天
我住的小小城鎮
下了八天八夜還不罷手的爸爸雨
左一片神爸爸降臨
右一片聖爸爸化生
還有無數豪爸爸暴爸爸淹沒了街道與田園
（我們撐著媽媽，逃到閣樓……）
啊，你看：
學校、廟宇、市集
甚至小學生書包裡的課本
都充斥著令人感冒的爸爸的氣息

我只能躲在屋裡，對著天空
輕聲祝禱：別鬧了
好嗎，爸爸

（2017.6.17）

沒有的事

沒有的事
妳不要再說
我深愛的那個神祕角色
真的是沒有。她有
厚嘴唇，電磁音，隱身術
香如花，來如風，去如霧
但沒有比妳更可愛
的臉，靈魂，多疑的心
以及保養良好的美麗肌膚
沒有嗎？假如妳是沒有
那麼，我的心中
也沒有

（2017.6.19）

有的詩像靠片

有的詩像靠片
人家看，你也看
沒人說好，你就說靠
根據但唐謨先生的解說
靠片（cult movie）有些特徵
反文化，彷彿創意充沛，還有許多性愛
或政治的隱喻。它是爛片，但可能
比爛片多那麼一點點
你不能十分明白的東西
不必要的燒殺，肉搏，夢魘
為了露點而露點
為了疲倦而做了許多無意義的運動
（這就使得啞鈴槓鈴壺鈴紛紛取得了哲學價值）
有時是鬼片，那鬼卻美得
不近情理。有時是瞎片（哇哩咧周星馳）
你卻因此睜開天眼

或者說
那是鴉片。明知天下烏鴉一般黑
（其實有的比較黑，有的沒有那麼黑啦）
明天，你又提頭來見
噢，親愛的讀者，下次你看到這種詩
請別罵他，畢竟他
（為了引誘你）
不惜毀滅日暖風和的星期天

（2017.6.19）

輯三

白蟻劫

詩不能……

詩並無治療的能力。
（有時候，你需要的只是超級小刀，不是詩集。）
文字不能把一朵落花扶回它原來的位置。
（月光上，有人抽刀徐徐刮去樹皮，刻上十字。）
吶喊從來不能制止獠牙或持刀的手。
詩甚至無力揭穿什麼。
書寫不是針或線。世界華麗且殘破。但詩不負責縫補。
（觀音在遠遠的山上，罌粟在罌粟的田裡）
夜色洶湧。夜色淒迷。夜色退卻。
誰都不能抹去暗地裡持續擴大的傷口。
祈禱無法解決困境。
神不會制止奸邪。暫時。或永遠。
心頭一顆痣。薔薇舉刺。書架盈滿但空無。
午後無風。草木攢動。日頭兀自輾過天空。
詩不能控訴。捕捉。或安慰。
它甚至無力哀悼。

詩不能把憤世調整為諒解。
文字不是止痛劑，美容膠，漂白水或修正液。
它只是銘刻。
並不負責放下。

（2017.4.29）

詩可以……

詩可以送你到深淵。
像鄰家姐姐誘你登入一恐怖而絕美的房間。
（青澀的果實稜角在熱風裡，漸漸磨圓。蟬聲像星）
韻律可以撫慰善良的心。啊，它也
可以叫醒遠方的神魔，成為你的夢魘
詩歡迎瘋狂。但瘋狂在現實裡總是貪得無饜。
（觀音在遠遠的山上，罌粟在罌粟的田裡）
柵欄在搖。綿羊在叫。斧斤在笑。
詩的正義，是無力者聯盟相互注射的藥劑。
美不能解決憂慮。
神不會制止蠢動。暫時。或永遠。
夢裡一些煙。石頭翻身。蚯蚓耽思而無言。
午夜多風。明月如洞。黑鳥準時飛過天空。
（可以興。可以觀。可以群。可以怨。）
啊，詩可以捕獲野生的哀愁
卻無能把牠放走

天邊一顆星
送來千年前的死火
詩甚至可以叫我們不要寫詩
假如越寫越恐怖，越腐敗，越虛無……

（2018.11.20）

To Yang

上古之世，草居露宿。恙，噬人蟲也。

善食人心。凡相勞問，日無恙否。

——應劭《風俗通》

親愛的恙：

自從你離去後
我忽然變老
你曾用多情的口器輸送
有毒的體液
腐蝕我心的頑石
使我蕩漾如潑猴
跳上鍵盤
向夜空拍送高亢的音符
一旦你歸於虛無
我惶惶如喪家之犬

恍若遺失親愛的器官
噢，歸來吧，恙

愛你的燙

（2017.5.3）

甲蟲之死

回去吧，詩人。
你看不到我的表情。
即使你耗費一整個下午。
蹲在樹蔭，瞪大眼睛。
你不會知道堅忍的盔甲裡。
一顆 0.001 盎斯，敏感的心。
五到七種全腐、半腐的臟器。
滿溢的痛感經驗。死魂靈。
我烏亮的外表。
不會洩漏一點心情。
噢。吶喊。並非我所能。
我擁護樹，樹擁護雲。
落葉無力掩蓋大地的虛無。
你用筆。細細勾勒。
那麼虔敬地讚歎我的美。
我的嫻靜。我精緻的體型。

但我還在時。我就不在了。
噢，詩是福馬林。

（2017.5.9）

大熱美

笑聲如冰塊
浮沉於大熱美深處
手在鍵盤的海域
探勘原油。翼手龍
啣著小獸，滑過寂寞的星球
薔薇舉刺，撥弄三朵浮雲
神祕的液體驅動賽博格的心
我壟斷角落之一席
演練 72 種心情的魔術
像從冷卻三千年的火山泥裡
伸出一隻索愛的手

（2017.5.12）

在停電的夜晚

在全世界都停電的夜晚醒來
天空鼓躍如帳蓬
有人像嬰兒，啜飲黑夜的奶汁
手機依靠殘餘的電力死命掙扎
昆蟲振翼，比平時更認真索愛
蠟燭，油燈，燃燒的木頭
啊，神的金手指
撥開萬物表皮厚厚的塵埃
有人，像隱士，回到自己的古代

（2017.5.13）

時雨

時雨消去初夏的
索愛計畫。碧枝傾頹——
道旁的芒果，綠得好忐忑
時序小滿，我正驚蟄
落魄的大笨鳥在水邊小立
不知在參禪，還是參情？
你住的港市分得豪華的雨
我分得梅子的滋味
今夜積水十里
半年也不會褪去

（2017.6.6）

閣樓上

閣樓上的女耶穌
長髮斜垂，遮不住雙乳
在我糾結成一團的視線裡
她掌上的釘子
時常與美麗的乳房之頂點交換了位置
胯下血，唇間蜜，未說出的詩
薔薇，心痛與無知

我向她懺悔
且聽到一種神諭：
誰愈愛我誰就愈孤獨

（2017.6.29）

學院之蛾

A

我愛蛾
牠總是默默貼著窗，或牆
一整個日午
貞靜，自足，傾向於沈思
跟我們一樣
安然做為學院裡的生物

B

牠是學院之花
長廊深處
充滿奧義的存在
攤開短翅（像博士袍的披肩）
上面寫著
我還沒寫出的那本書

C

我總是熱心尋索角落裡
每一隻蛾
懷想牠們攀枝食葉的日子
如今凝定如一少婦
除了愛與繁殖
再沒有其他任務

（2017.7.10）

白蟻劫

我聽到一種神祕的共鳴
從壁裡傳來，當我枯坐燈下
假裝是在體認痙攣的天地
之心。冥冥如咒，幽幽含情
啊，那是白蟻在嚙啃我的
甜蜜家屋，像哲人，一點
一滴，試著打通這顆執拗的
行星。猶記得兩個月前
當我造訪堆滿名著之祕境
初見她們湧現於我的罪與罰
卡拉馬助夫兄弟們。天真無邪
如樂園裡盡情嬉鬧的孩童
（主觀之詩人不必多閱世）
是夜，我法喜盈滿，但有種
梁木其壞的哀傷。我的夫人
授我毒液一罐，說白蟻與汝

豈能兩存於天（花板）地（板）
之間。想起年少以來
從舊書攤搬回來的祕笈就要
逐一銷毀於牠們的口器而我
竟還沒讀完。我不免生出
一種被閹割的羞辱和恐慌
殺意驀起，像花果山十三太保
從南天門一路砍到蓬萊東路
噢，我和我沾滿血腥的雙手
白衣女王和她死難的兒孫
那麼純潔，那麼肥美而淒慘
我乘著星夜，忍痛拋棄一箱
中毒的鸞書。蟻屍如字
遍布於天然古佛與月華老人的
法語之間，恍若白陽末劫
的啟示。是夜枕下有洞，洞中

盡是白衣女子婀娜的體態
妖嬈的歌，迷人的新詩與舊情
如懈慢界。我來，我寫，我淫蕩
我殺戮，我虛無，我嗒然若喪
我沉淪……。今夜一燈如我
微燙的心，帶著悔傷悠悠運轉
壁裡又傳來白衣國女子令人
心碎的歌聲。我的毒液已盡
殺意暫平，微有一種荒淫到底
的志意，誓與她們分頭並進
來吧，來毀滅這些好看的圖書
這美麗的家庭，這可愛的老行星
看誰置之死地，看誰劫後餘生

（2017.7.18）

避暑記

焚而不毀的。終將擁有
一個完整的秋天
此刻，我當忍耐蟬的叫戰
夜森戚戚，假裝自己是落第公子
棲於山寺，為來年的炸裂而蟄伏
（像一匹惡狼化妝為無聲的壁虎）
絕不關心天氣、人心、時運
噢，太陽的汁液在我腦之縫隙
流進流出，熱得真有趣——
惟有高溫若此，能夠殺死
過於旺盛的恨世的因子
穿透摩天大樓的雲喲
益發顯得肥厚
收容過我的樹影
更冷更黑了

（2017.8.19）

不避暑記

我願像鬼一樣融化於日光底下
並敦請那些淤在陰影裡的同夥
都出來自首。啊，今天
是厭世者最好的機會，我們何不
合力抬起滾燙的白地球擲向太陽
換回一顆黑的？我們的先烈
用祂們的靈魂染黑了夏天的傘
處心積慮，使全世界所有的馬路
都充斥著烏黑的疲憊的氣質
但這遠遠不夠。在老太陽的面前
一切避暑的舉措，都是愚行
只有把自己捐出來，反覆曝曬
使皮膚的顏色與心的顏色
更趨於一致（黑是厭世者的制服）
啊，那時，恐怖而清涼的夜色
才能反擊這光明的太光明的人世

（2017.8.19）

夜坐

種花都是種愁根，沒箇花枝又斷魂。
新學甚深微妙法，看花看影不留痕。
——龔自珍〈昨夜〉

花瓶握過你的心
梔子忍不住
芳香。明明有字
耿耿難安。紅葉，宣紙
小刀和牠削過的鉛筆
我懷著不能寫下的腹稿
亢動如貓，困索於
一虛構的毛線團
冷氣機像分娩前的母獸
幽幽哀鳴，夜坐於
雨後的火宅

（2017.9.2）

雨後

心事都在雨前
發生，明媚的夏天
而今是神經衰弱的青年
雨的纖指，大地的新橙
回憶之汁微甜。時間
在抽屜裡撩弄著鐵算盤
感覺是一種度量衡
在雨的簾幕裡失準

（2017.9.3）

午後的鋼琴

午後的鋼琴會吃人
牠吞沒少女的十指
得寸進尺，正在咀嚼一份愛思維的神經
啊，你聽
這多風多鹽分的濱海小鎮
這些面無表情的人，這座扭曲的教堂
像被擰轉著的毛巾
叮叮咚咚
滴出了青春跑過田野
蚱蜢跳躍，薔薇扭轉，木瓜膨脹的聲音
而今一個中年人賣力
挑釁著鋼琴，如羊在虎穴前漫步——
鋼琴微微一笑
牠牙白似雪，心酸如橘，食慾全無
彷佛在嘲弄誰的人生

（2017.9.18）

試筆

一粒青菽
包含多少春雨
唇齒知道的
何必傳給手中的筆
誰想烹食沉默
請先撩動鐵器的神經

他們用眼罩蒙住
磨坊裡的牛
叫幻象盈滿牠無辜
的頭骨，使牠感到
幸福。像這樣
我寫作，我生活

（2017.9.22）

何人斯

清洗我。奪去我全部的經驗值
啊，我真希望我是個素人

新買五尺刀在梁上誘拐我的眼珠
厭世者用力說出愛地球的 100 個原因

風通過鹿的角枝而成為霧
夢在我的頭蓋骨萌芽且枯死

彼何人斯，走過刀鋒的獨木橋
邊走邊笑（這種笑聲真像我的藥）

噢，賤人。來吧
來毀滅我的一生

附記：第二行，借本家從聖兄語，見其臉書近啵。

（2017.9.29）

一世三公

身旁有隻商禽
勝過十九隻完美的哮天犬

鋼琴內部的瘂弦
在嘲弄你盲動的指頭

當全世都衝得那麼猛
啊，我只是一名洛夫

（2017.10.5）

霪雨

今夫大鳥獸失亡其群匹，越月踰時，則必反循；過故鄉，則必徘徊焉，鳴號焉，躑躅焉，踟躕焉，然後能去之也。

——荀子〈禮論〉

A

雨貫穿大地
踩踏著傷禽死獸
去去，牠們的父母去異鄉覓食
在在，牠們的姐妹在巢穴裡繁殖
來來，誰來掩埋牠們的肉體？
只有雨，多腳的雨，無情的雨
噢，利如箭的雨
軟如舌的雨
踩踏著默默腐敗的肉體

B

於戲，曠哉
窗外有雨
鳥獸沒有喪禮
浪子醒在微痛的性愛裡
那些化合的藥，在腦海裡瀰漫
那些亡故的親友在野地裡腐爛
只有雨，沒頭沒尾的雨
拈不斷的雨
噢，蠻有意思的雨
陪他葬身在虛構的被褥裡

C

秋雨淫淫捏弄著大地
神祕的黑鳥在夜空裡滑翔
猛獸回巢
擦拭生疏的感官
鬼叫焉，亢動焉，交配焉
無情的草木喲，自私地生長
只有雨，不為誰而哭的雨
噢，禽獸不如的雨
用軟軟的蹄
踩過花與嫩芽，踏過屍體

（2017.10.13）

浮雲

一葉飄進二葉亭
樹變得好輕。但不知
為何整座森林如同新鬼
在地面留下爪痕
一葉飄時
眾葉都怵怵
我的笑或許是悲哀製的
秋入膏肓，四迷一悟
你捲你的珠簾
我擦拭我的少年心

（2017.10.27）

無題詩

A

無題令人老
千年前在小閣樓
鬱鬱寫下的親筆信
絲綢，陶瓷，獸的小腹
輕雷與驕陽通通埋進
我過於盈滿的觸根
當愛情糾結如一枯藤
心它斑斕如虎豹
鑲滿了昨夜星辰

B

好詩如花亦有枯榮
來與不來都令人疲倦
我不能暢所欲言
正如你因壓抑而明豔
那些不被允許的愛
像琥珀：千年一幼蟲
明明有事，幽幽無聲
心它比迴廊曲折
美人如玉，劍如虹

C

別管他們懂不懂
物有美味，就有苦衷
濃情恰似輕薄之辭
經眼與寓目不同
惟黑而肥沃的心可棲
飄蕩千年的酒精
桂花香和笑不成的唇
且讓我成為你的宿主
詩是宇宙之遊魂

（2017.10.27）

聽荷

秋陰不散霜飛晚，留得枯荷聽雨聲。

——李義山

鏡中之手　手中握住
鮮嫩如火而清涼　銳利如閃電的虛無
酒後白蓮　痛極有悟
捧著烏雲疾走八方　從前種種都成了夢幻
你坐在池邊　看她歷劫歸來
寂寞如許卻貞靜自在　用美，燙平一池煩哀

魚戲，蟲舞，騷動的蛙鳴　陸上是羅織的眼睛，圍捕
一切盡是徒然的　即將逃逸的風景
辯解，大音希聲　人云亦云，萬物
喔，不能常存的，最美　在倒影裡乃逼真。你聽
玉面羅剎　枯莖殘葉
頰上圓潤的水珠　點滴完好的雨聲

（2017.11.30）

輯四

猛虎行

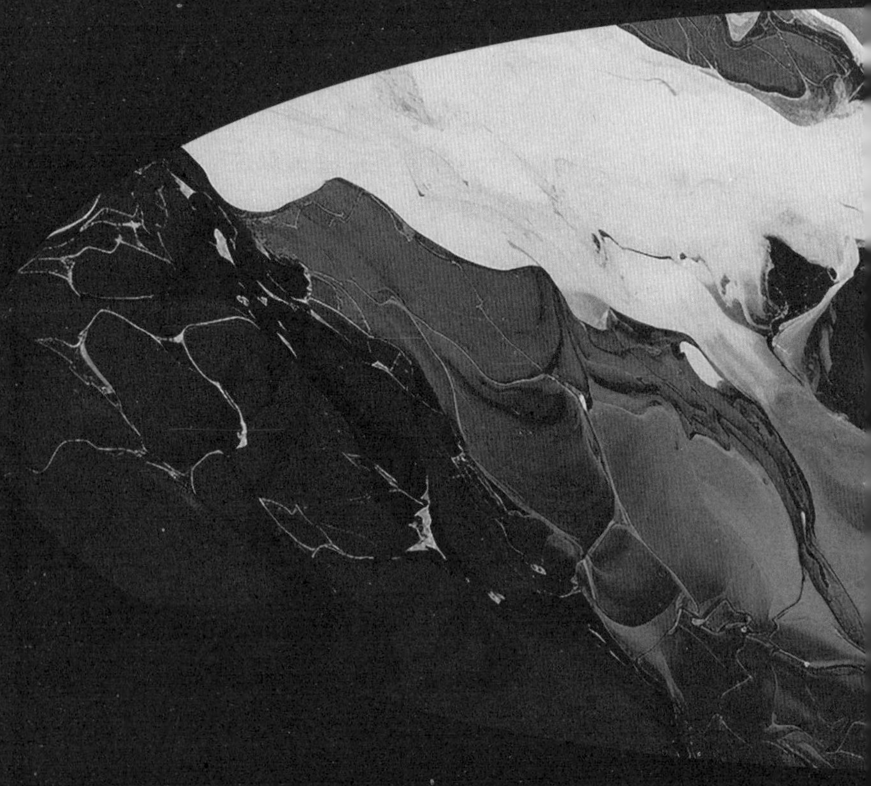

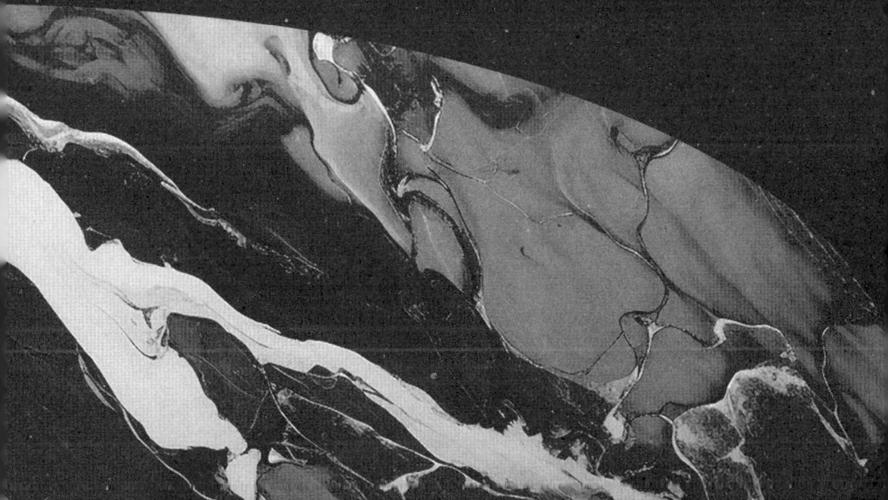

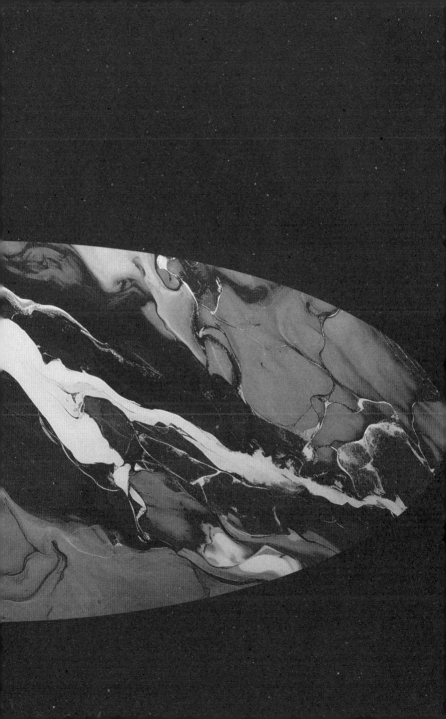

黑夜以暴力

黑夜以暴力
取消貓的四肢
使自己成為最大的一隻

那些微熱的斑紋
在窗上飄浮
大氣裡充滿貓的透明的臟腑

當全世界因煙火噴洩而瘋狂
誰來修復我
被鬼火撞凹的眼睛

街上飄著一些亡妻
免費贈與孤獨的歌者
沒有亡妻，你當什麼抒情詩人

（2018.1.2）

繼承人

A

你是你兒子的繼承人
當他去遠方城市讀大學
留給你，那麼多的玩具和青春

B

你的兒子被新的幸福
綁架走了。他變成 APP
斷續傳回，嗨，問候你的圖形

C

唯你守護記憶的盆栽
他們放棄了的幼稚的笑
你都撿過來。老的尾端是嬰孩

（2018.3.22）

猛虎行

五陵年少不敢射，空來林下看行迹。

——張籍

猛虎茹素多年
嗜讀老莊而不入虎穴
因牠本人就是牠媽的虎子
（牠常常自問，我姓猛還是姓虎？）

猛虎熱愛和平
牠說生氣不能解決事情
雖然牠也曾窮兵黷武
像一臺貪得無厭的夾娃娃機
（是怎樣夭壽吞進去那些可愛小東西）

而今牠蹲在柙中
是牠吃過的十五個人
在體內，構成此刻的牠
且輪流教牠新詩，自然與公民

（2018.4.28）

與神同行

牛頭與馬面私奔
地獄不空
贖閻王十人

讓那些愛審判的，繼續審判吧
他做他無邪的愛，我犯我多情的賤
（嗨，你是否曾意淫過你的鄰兵）
昨日去教堂送洗，污濁的靈魂
今夜來地獄領回，殘破的肉身

這半張或許是我
用過的臉
哎，只是鑲滿他人的眼睛

（2018.9.13）

秋天的讀書筆記

男性的空間能力和他們（即男性）
的睪丸酮濃度成正比例。科學
家指出，睪丸酮（筆者將另文探討
黑洗殺蜜）濃度太高，或太低
你將失去掌握空間及空間中之所有
物，的能力。設有三名大漢皆為
二十出頭，清一色穿他爸的繃緊緊
的褲子，反向戴棒球帽向你走近
你做何感受？又設有一名善女子
三十不滿，果其然穿他媽的鬆垮垮
的褲子，正向戴棒球帽向你遠離
你又做何感受？這類模擬將有助於
改善你（黃昏時刻）的體質，這好
比說，當你養三頭豬，確有必要
為他們逐一命名，但若擁有一萬頭
或許只須控制自己的睪丸酮素

使它們適才適性，熱愛今天的天氣

（2018.10.27）

昨日頭條

宇宙人來襲

A 市消滅。我們期待
的 S 級英雄紛紛委頓如泥
詸樣的飛行器像一枚苦瓜壓住
天空的鍋蓋。倫理與愛情
血戰方酣，卻是徒然
我們苦苦栽植的一切，今夜
都將廢去。再會了
研究所與衛生所，葵花園
和幼稚園，五十嵐以及三媽臭臭鍋
去吧，沒煮好的菜，未復之仇
無結局的詩。宇宙人來襲
B 市 C 市 D 市都將消滅……
蛤，沒有。為什麼？

（2018.11.1）

小招

貓吃星而成為狐
走入野地
尋索自己的影子
牠鐵了的心今夜，微鏽矣
遠方是煙火放肆，摩天輪旋轉
一種豪華的虛無
牠以祕藏的眼鏡布
擦拭自己的爪子

小野貓喲
何處是流浪的勒戒所
酒，溫暖的手，廢棄的倉庫或我

（2018.11.20）

夢中遇蚊記

I

昨夜夢見蚊子
提書來售
我說不讀書的還不是……
多學恐傷慧命
沒事快滾
牠說嗯哼嗯哼
麾之即去，有召須迴
今朝醒來
惟見窗檯上一本
贈閱的大佛頂首楞嚴經

II

今夜又見蚊子
來售一套燙金的十三經
我說此物我有。去年
才叫舊書攤收走
牠說但你從未用心讀過
我說我操
再囉嗦
我就關門放狗咬人
牠說嗯哼嗯哼
我本常在門內，奈何
拒之門外？

（2019.1.6）

心學

病與藥那麼恩愛，人世間
誰不是他們的小孩？

金石腐壞，狼在街上徘徊
杜鵑花為何而綻開？

夢霸佔著頭蓋骨，誰去管
群鴉怎樣淩遲麥田？

厭世的路人甲呀，你何不
大聲向路人乙索愛？

火在笑，雪在燒，狗在叫
我為何在這裡忍耐？

（2019.3.16）

暑假帝國的覆滅

靠南強笑靠北哀，遺民心事殺狼哉。

——南宋・唐揖

暑假的
最後一天。忽忽
有著亡國奴的悲憤與羞恥
像是此間最老的遺少
輕撫著髮辮
恨不把自己的身體
永葬在暑假的泥裡
噢，這是帝國最後的
正午，明天醒來
滿街都是正人君子
迎向新朝的隊伍
你看，帝國的精壯之軀
像含冤的罪人，在正午

被五匹馬殘忍地撕裂。血
啊，陽光像血一樣美
暑假已老，暑假行將就木
我將永保暑假的精神
與人間周旋

（2019.9.8）

如果AI當選總統

如果 AI 當選總統
鈍將引領我們
走向囉剝萬
鈍不偏心
（因為鈍根本無須配備這種落伍的器官）
鈍將精準地計算國家
未來的走向
每三秒就 update 最新的民意
鈍將不會背叛這個時代的潮流、信念與情感
（這些根本就是鈍養養的寵物）
鈍深知每件事的價格
（討好誰或做掉誰都經過精密的匯兌演算）
甚至能夠掌握
三線小鄉鎮裡蔬菜的發育狀況、聊天的品質、野狗的
流量
鈍比席主席更熟知

每一個百姓的五官、指紋、朋友圈與性傾向
不必動用婉君
因為鉇本身就能夠化身千萬
鉇是詩人、科學家、寫小說且作曲、兼擅褒揚令與廢文
鉇包辦了 22 家報紙、333 所研究機構、4444 間村里辦公室的腦力活動
（從此，我只須每天抱著電子貓躺在沙發上耍廢）
鉇將參加每一所小學的畢業典禮
不，如果有需要，鉇可以天天陪小朋友共進午餐
（且用館長的聲音唱「汪汪隊立大功」給他們聽）
鉇博學多聞
鉇精力無窮
鉇寡廉鮮恥
（道德不過是一套不斷精進的程式）
鉇將不會苦民所苦

（「苦」這種情緒在肉身以外很難顯影）
祂不爽等於祂爽
祂當選了
（並不等於祂沒當選）
中華民國將成為暢銷全宇宙的套裝軟體

（2019.12.5）

端居

遠書歸夢兩悠悠，只有空床敵素秋。

——李商隱

玉爐香燼
每一朵花都埋著雷
萬家燈火寧謦如戰前港灣
市聲都啞了——
你因何總是聽見遼遠的木鳴星墜
假裝睡去吧
你不是誰的基地
沒有戰鬥中隊即將返航
你無緣為誰療傷
雖然這裡有滿滿的藥劑，傳單，油料
和軍糧。沒有人會為你
戰鬥到死（或重傷），像一座廢棄的
巢穴。你的暖黑沃美

只合孕育
自己的孤獨
別再關注燦燦星河裡的魚汛
遠方的病
從不因你而發生
愛情的傘兵不會著陸
（初初成形的革命，終將流產……）

（2019.12.16）

致芒果

吃了你好嗎？芒果
我們七世無讎
甜美是你唯一的錯
要怪就怪改良你的那個無聊而有才的農友
（化學與生物在春秋裡幾番戰鬥）
你喜歡用切的，還是被剝？
想與冰沙同殞
或一味獨走？
啊，你有權（並且最好）保持沉默
反正你越沉默就越迷人
我知道
你心中始終無我
（唉，金錢怎能買到你的精神）
但有一片未完成的菓林
像我，硬碟裡裝了許多待寫的詩與論文
以有限身軀

負荷無數魂靈
噢，你是香蕉，你是荔枝，你是菓園中的塔矢亮
你是盛夏之雨，山丘之霧，你是嘸吧哞的夜
你是神農獎得主的傑作，你是被水果販子擄走的
良家子，你是為舌頭而編寫的龐克舞曲，你是詩
去吧，堯舜與湯，風花與月，鯨向海與我
來了，洪水和你和猛獸

（2020.6.14）

面具

——致唐捐

魏武將見匈奴使，自以形陋不足雄遠國，使崔季珪代……。令間諜問曰：「魏王何如？」匈奴使答曰：「魏王雅望非常，然牀頭捉刀人，此乃英雄也。」

——《世說新語 · 容止》

你只須端坐在太師椅上
跟來訪的人說好
像天線寶寶
反覆說你好太陽出來了柯柯柯
無論他，是狼還是狽
謙恭或倨傲
你只須端坐，賜茶，誦詩，談笑
我負責捉刀

無論他說什麼鳥話
你都說好。傀儡就演傀儡

的劇碼，讓他們以為我（也就是你啦）
安靜，平和，美豐儀
像金黃的柿子一樣多汁
別使他們知道面具的旁邊
藏著持刀的影子
你是能指，我是失落的所指
靈魂怎能對應於容貌

萬一他
看穿了這齣戲
三太子有靈，會叫他快逃

（2020.6.21）

西門行

「焉得神仙縮地法，車去車來筋斗雲。」（唐損）

「只恐西門難繫馬，與君改約到荒村。」（康捐）

「高尚人格，爭如牠美好機車格。」（白棄）

天之大
何處停泊我的機車
朋友們已在樓上坐定
或點伯爵奶茶
或飲餓虎嗅過的咖啡
獨我一人
在小巷裡尋索
一個不必完美的機車格

地之厚
怎在乎到處是垃圾
我使甲車向左移動三寸
又令乙車向右
只爭得徒然的縫隙
同學少年正談笑
彷徨獨我
呼天搶地於溽熱的街頭

（2020.7.12）

抒情練習

——為豬而作

人就是他所吃的。

——費爾巴哈

1

肉體不是肉做的
是記憶。昨夜的微雨
吻痕與刀痕。啞鈴。胺基酸
成分不明的飲料，曲折詭異的內分泌
噢，豬，你因何默默無語？
當我打開
全部的官能。迎你以火鍋
以肺腑。請不要用冰冷的臉無聲的笑
掩飾你自己
我知道你也曾是熱血青年

2

他們視你為肉品，惟我知道
你本是妖嬈的肉體。氣血循環（跟我一樣）
靈魂鼓盪，也有偶像、粉絲與親友團
也亢奮，也憂慮，也無聊（跟我一樣）
也聽些來路不明的音樂（跟我一樣）
也在春情勃發的夜晚戀愛、交配與繁殖
（跟我一樣）但不喝啤酒
不加班

3

豐美的豬，你當如何？
當我誠摯邀請（雖然夾雜著些許暴力）
你來。我的臟腑是你的新房
（Come live with me and be my love）
噢，用你的蠻力給我全新的嚼勁
給我，你全部的滋味——
（愛，啊，愛不能分解，不容挑剔）
給我，你最後的三個願望
（你封鎖的人絕不是我的好友）
你的甜美，你的恨，你的萊克多巴安
你經歷過的北美洲的政治與天氣
讓我成為你！

（2020.12.30）

狠

誰能逼刀子流淚
我願成為羊——

大旱季
聖母清瘦
山是徒然的乳房

群星在我的案頭
充電。熱情
從體內

流失——
我是阱中之狼

（2021.4.10）

夜歌

A

白蓮黨徒會於湖
眾星囂囂。夜鷺如高僧
參著什麼玄妙的禪理
仍有一股慾望
要從久旱的地底將蚯蚓拖出
心是籃球框
能將什麼留住？
蟾蜍夜飛於無菌的夢
天鵝抖動牠黑色的引擎
十一種香氣在空中頡頏：
野薑、月桂、白蓮、穗花棋盤腳……
我領受，並且說（隔著口罩）：
哎，無肺的草木有福了

B

一切都在遠方。鳳凰木
擺出展翅的假動作
鐘鳴十三，我要檢舉群聚的
青蛙。牠們行使愛與死的權力
使存天理滅人欲的學院
漏洞百出。鐘在空中抖動
是在分泌著什麼？
典禮毀滅，此刻沒有人畢業
我看見一百輛（透明的）鐵馬
馳過大道。笑聲堆積
如腐葉：欖仁的、鳳凰的、紫薇的……
眾人領走各自的遠方。鐘鳴
十九，惟詩不死於病毒

（2021.6.9）

學院紀事

每所大學都有自己的
校務系統，學餐與小七
壞教授，潛規則，垃圾車
十種經常出沒的小動物
和一個以上的副校長
每所大學都曾與年輕人
相愛且彼此傷害——
夜色中，巨蛙吐舌收納一些小蟲子
血脈僨張的鳳凰樹（她超想把你踹出去）
無所謂的湖（好魚與壞烏龜就這樣泡在一起）
在知識、戀愛與騙術之間
不會有人畢業
每所大學都在消滅小學
所培養的理念。無數的幽靈
盤桓在午夜的校園
每所大學都有自己的榮光

但都有病。鐘聲 21 響
你收到成績單了嗎

（2022.6.25）

輯五

犧牲謨

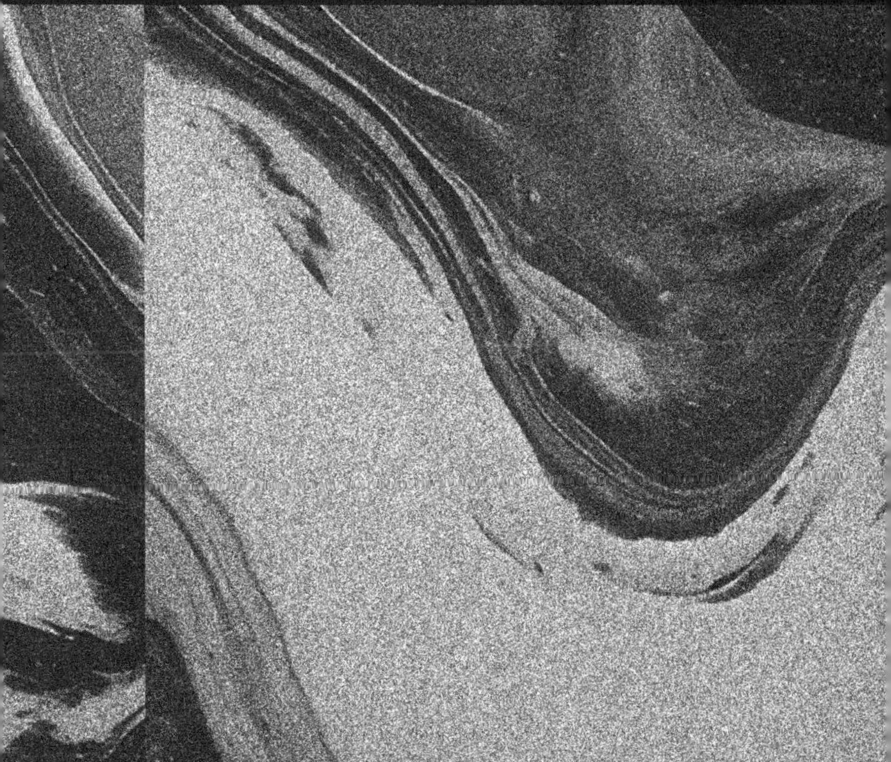

膠袋志

——為塑膠袋而作

1. 渾沌身世

生於空。成於苦。聚散於兩間——
我是眼睛與舌頭的化合物
見者皆盲，吃就是吐

萬種心思在分子間，既迴且旋
在你取得的那一刻我乃
驚覺自己：無用之軀

竟有無窮的用處。喔，充填我
以任何物。輕易得來的
不必輕易地消失

2. 向故主禱告

聖哉我主。你用過我。偶然
如分子閃失。經手，給我
生而為物的幸福，肌膚之親
（我就大大張口）或許也曾
經心。極平淡。且透明。
你曾向我證實我們可以一起
消磨美好時光。恬不知恥
在有機與無機合組之家屋

我和你的二三事，都成典故
——那天，經你偶然提拔
（在超市）我才是我。你
決定我靈魂的構造：肉。蔬果
待蒸的饅頭。七顆半舊的網球

在冰塊和你之間，我曾介入
我與貓屎同在的午後。我看見
你和你溫暖的（可分解的）貓

聖哉故主。我曾以為這是歸處
經你提拔的，將分解在你的手
——你不可能拋棄我。因為
不能。我將再來。憑著愛

3. 廢渣生活的基本形式

只有垃圾理解垃圾。我們都盛滿
無用。與時間。故事與故事
相互殘忍的輾壓。無比
（我去過一座山）
深情。只有垃圾能夠深入，垃圾

的心。公園裡的廢人與罐仔皮
像我一樣的垃圾。三腿之犬
（山裡無數個我）
被吸管插得半死的鋁泊包，餐盒
有機故有殘軀，無機故無可憐
昨日花。屍。或人的碎紙
（我不能取消自己）
風起東南，火焚七日，土掩百尋
我恰巧像是一場零亂的夢
不被任何頭顱收留
（秋風將我從山中拔起）
兩隻垃圾在空中翻舞。像兩隻鳥
同煮於一鍋。我是多麼想
與牠共組幸福的家庭
（生出無數小垃圾）

4. 海洋深處

惟我與眾魂靈，不克分解
在地球的子宮，大洋之深處
我是永恆。是殘存。是無關之物
——牠們是游動的肉，各有原形
惟我不進食。不交配。亦不排泄
善等待。無痛亦無愛。我是
堅強的。細看魚的子孫們吃與
被吃。排泄以及被排泄。我看過
牠們的祖先。在岸上。魚曾在
我的裡面。主人曾在我的外面

（2018.7.6）

蛇之過去式+未來派●●●

谷神不死，是謂玄牝。玄牝之門，是謂天下根。緜緜若存，用之不勤。
——老子第六章
水有罔象，丘有莘，山有夔，野有彷徨，澤有委蛇。——莊子達生篇
𠃟(也)，女陰也。象形。艾，秦刻石也字。(羊者切)——說文解字

眾生之母湯
蛇與薔薇與神明　的　種子
可以吞樓臺◉嚼日星◉咬斷眾生的慧根→
八千年來主-為-奴●●●
Oh, 賤母！聖母　！！！
被囚
於褲。這樣　好，讓姦邪的眼耳鼻挾持汝之
大腦。皇然居於上。兩扇靠北的
靈魂之（鐵）窗，閹人為皇
吃四方。●●●今夜，中　要翻轉
女　女　女　女
也
Z　Z ……
乚
A
女

虫

は 銀河

歌聲像無聲的黏液在流

牙與牙間◉有間◉目盲而口爽

探向宇宙的望眼鏡

伸進汝之曲曲折折の

〉—→→大腸〉—→→大腸小腸◉內視鏡如神手

九穹仔

噢◉母湯裡一聲微小的歎息卻是汝

一生捕捉不盡

の委蛇、徬徨、夔、莘、罔象

女也不爽

士二其行◉五官如墳土被擠壓

在麵團裡 有人要吃豬肝麵嗎 地

震！！！！以後◉女再也不↓↓↓↓↓用

直立孝公婆◉踴躍用B

逼31大老退黨◉逼十八仙姑退駕

刑天之舞

大理石

希臘的潔白印度的執迷不悟中國式的

爽死◉——在深不見底的母湯裡

A	B
C	D

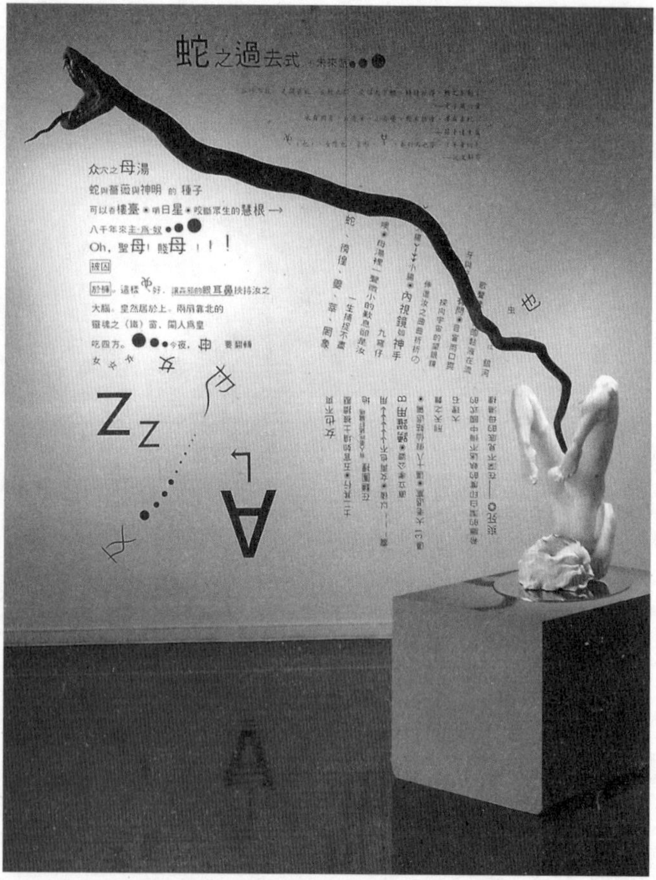

蛇之過去式
众穴之母湯
蛇與薔薇與神明 的 種子
可以吞樓臺 明日星 咬斷眾生的慧根→
Oh，聖母！賤母！！！
被囚
於轉
大腦
吃四方。今夜，
要翻轉
Z
Z
A

本詩搭配張乃文教授的雕塑作品〈谷壑漫金光〉，展於「轉譯：2019嘉義黑金段藝節」。
照片提供：嘉義市立美術館

犧牲謨

帝君曰：吾在靈霄怕爾恨，你在地獄受慘刑。要脫不得脫，要行不得行，改也改不及，悔也悔不贏，受盡諸般苦，發放變畜生，披毛又戴角，鳥獸與同群，仍然刀下死，鍋煎並火焚，何時纔了結，始得轉人身。

——《關聖帝君戒淫經》

T. 淨心懺

大塊閉氣

乾坤轉，淫蕩變得好容易

昨夜我以裸體褻瀆了自己的眼睛，發淫辭，造詖行，把骨折的傘遮成敗德的樣子。聖人的水柱，雷電使者的追擊，王母娘娘的八駿馬。噢，戰警賽柏格是今代神人（鈍有一顆電晶體的心），消防車在走，城在吊鹽水，甜聲音，辣空氣。沒有滅火器。沒有滅火器。沒有滅火器。我們因為淫蕩而哭泣，並且向那些淫死了的鄰人敬禮。

（我夢見我駕著牛車載著「什麼」，走過兩百年前的石板路，

死魚的氣味不能遮蓋血色的風景，我便將牛車趕進我的口腔裡，

「什麼」化做呼痛的石頭，在臟腑深處隱居。啊，牛去哪了？）

天海蒼茫

紅即綠，觀看變得好艱難

今晨我以眼睛撬開十三部北殿來的新神經。（賽柏格披佛袈裟，鐵甲車如電熨斗。）經云：將奪其國，先封其口。惟心是咎，無腦者吉。有二十四種淫：雨傘，壁報，傳單，茶與同情，夢中暗影，新聞紙，T恤男，魚刺，犬牙，帶著淚意的風，雨傘，時光機，鴨舌帽，邏輯，印刷術，口與面罩，詩——憤恨，說話，遊行。

U. 戒淫錄

帝君煩憂

網際有飛禽，街上多走獸。

牠們（能動的犧牲）為了舒爽而開口。

（嗟夫！真天經地義，未有不樂生民之舒爽也，奈何與之為寇讎。）

寧可失落人身，墮入無明之池塘。魚龍舞，蝦蟹狂跳。

帝君悲憫

長袖族善舞，短褲黨無助。

邇來淫風蕩雨淩襲中土，白玉苦瓜，不樂本座。

淫言蕩字如白蟻，雨後便化做千把鋸子，如弦樂隊發出幽祕的共鳴。

灰色的藥，給牠們，灰色的霧。

帝君濟世

大義宜迷覺，小子來戒淫

針。雨像麻麻密的針，在天與地，上唇與下唇之間遊走。

血絲裡有一些黃昏。九竅閉，四海一，街道再度充塞著乾淨的主義。

沒有什麼比鐵器多情，比文書寡欲 。

V. 鎮魂咒

日若稽古。犧牲日：「去羈縻！」

帝日：「俞，如何？」

日：「君之口，君之手，君之命，君之暗影魔。」帝躍而昌言：「住口！淫的走獸（＝犧牲）們。銜一枚紅橘子退到桌上去。去洗衣店洗爾等的心，去理容院調整爾等的毛髮。」於時犧牲起來，曰：「我錯了但我將不悔改。」

午夜時分，北地一隊卡車，載著奇貨而來。

添加到瓦斯裡，火更明亮了。添加到自來水廠，水質明淨飲來好舒爽。添到奶粉不夜哭，添到米飯身體壯。犧牲甲含在嘴裡不知是什麼，犧牲乙抹在手腳不知是什麼，丙與丁分食，戊與己共浴。不甜不苦，無味無臭。它的品名叫「沉默」。

（2021.5.23）

後記

1

曾有一時，索居多暇，我把各種版本的「忠臣藏」影視都看了，包含正氣版，幽默版，次要成員視角版，倖存者版，女性旁觀版，甚至是基努李維的魔怪版。身為武俠迷的我，果然熱衷於血氣蒸騰，不顧一切以報君父之讎的情懷。我讀詩時，也總在尋找這樣的意氣，雖然並非不識得法度之美，性靈之趣，神韻之境。

復讎是基調，這是我著迷的起點，自然深愛大義凜然的經典版；但我漸漸把注意力轉移到變奏的方法，像《決算！忠臣藏》那樣，化精神史為物質史，以喜劇的手法來新詮這可歌可泣的故事，更令我驚奇讚歎。也許在緊綳的情境下，還有賴笑聲的調解。一張一弛之間，隱含多少應世的奧妙。

血氣是會亂竄的，它可以帶你去行道義，也可以導致無窮的蠢事。從前我覺得，血氣旺盛就是美好，不必強加修飾或壓抑，所以特別熱愛「暴其氣」而非「持其志」的詩。而今逐漸了悟，暴有暴的痙攣與利爽，持有持的疼痛與韻味。但不平之氣要是平了，詩人究竟憑什麼而鳴呢？

這部詩集，正是成於自覺血氣就衰的時節。雖然仍愛「偷閒學少年」，也汗漫談，也浪蕩行，但總有「狎興生疏，酒徒蕭索」之感。好在我也知道，凌厲如夏陽固然是詩，這種索漠頹唐的情狀又何嘗不是。因而此集所聚，就像秋天的隨筆，或舒憤，或調笑，大多信手為之，止於臉書，很少在報刊發表。

2

人格破產，夢卻更豐盈；人格破產，眼淚變黃金。

這是我二十年前的句子，當時應當有著破產的恐慌與快樂。

後來可能去了特力屋，買齊工具與材料，利用週末東修西補（破損的人格），然後就像愛寫日記的狂人，「赴某地候補矣」。候補以來，天清地朗，股市天天上揚，我也時時愛著我們的地球。這或許是為了應驗我的另一個句子：人格破損時，你是最好的詩人；人格修好了，你只是好人。——寫到這裡，忽然察覺自己根本是天生的格言家，悲哉。

然而我又再三發現，人格是不可能修好的。有時裂解為多個有病的副本，有時魚目混珠，而依舊能夠瞪視這個魚吃魚的世界。我從小愛讀「100 個機智的故事」、「100 個滑稽的故事」，對於那些把一個自己拆成兩個或三個，或把正經的自己化妝為胡鬧的自己，特別感興趣。總是嚮往跟床下捉刀者，廟堂割肉者，裝神弄鬼者走在同一個道路上。

躲起來是不得已，曹操如此，十七歲的少年柯南又何嘗不如此。本來床下那個形貌醜陋的捉刀者是符旨，漂亮的代理人則是符徵（他們之間，存在著奇妙的對應與不對應）；但在許多情況，兩者卻混淆了位置與功能。

沒有人不愛破案，觀眾們都在等待柯南出聲（應該是附身吧），接管現場的那一刻。他們都是謎語的愛好者，熱衷於謎面與謎底之間的相互追逐。實在說來，很會解謎的人是秀異的內行讀者，布下重重謎團的犯案者才是詩人。所以我在等你，噢，柯南。

3

有個秋天我亂翻書，讀到這一句：「男性的空間能力和他們的睪丸酮濃度成正比例。」但兩者呈現出 U 字型的函數曲線，意思是說濃度太高或太低，空間能力就好不了。現實裡遭遇的畫面，腦海裡構築的圖景，都可以牽動我們的身體。這位大師有沒有胡說，我不知道，但我喜歡他和他的同道所做的試驗，覺得這對於（我的）詩學頗有貢獻。

抗生素可以拯救痛如刀割的喉嚨，荷爾蒙則可以解救談到僵掉的抒情傳統。

說到這個 U 字型，我腦海裡便浮現單車或滑板表演的場地，神奇的少年藉由技術騰飛到兩邊的高端，凌空旋轉，颯颯清爽的瞬間。好啦，這跟大叔無關。我只是猜想自己的睪丸酮濃度即將抵臨這 U 字型的左邊高點或右邊高點，因而現在出奇地，擁有極佳的空間能力。

我不敢把「血氣方剛」翻譯為「睪丸酮素太旺盛」，但聯想一下，總可以吧（說不定我是全世界第一個想到要把柯南類比於將見匈奴使者的魏武，廠廠）。方才一起床，夫人便拉我到窗邊對著朝陽閒話家常兼訓勉一番，話題主旨可以歸納為四字，曰「戒之在得」。噫，知我者毛利蘭也，誌此以自警。

（2023 年 7 月 14 日寫於龍淵刀割泥室）

雙囍文學 17

噢，柯南

作者　唐捐

堡壘文化有限公司　雙囍出版
總編輯　簡欣彥｜副總編輯　簡伯儒
責任編輯　廖祿存｜行銷企劃　曾羽彤
裝幀設計　朱疋

出版　堡壘文化有限公司 雙囍出版
發行　遠足文化事業股份有限公司（讀書共和國出版集團）
地址　231 新北市新店區民權路 108-2 號 9 樓
電話　02-22181417
Email　service@bookrep.com.tw
郵撥帳號　19504465 遠足文化事業股份有限公司
網址　http://www.bookrep.com.tw
法律顧問　華洋法律事務所　蘇文生律師
印製　中原造像股份有限公司
初版 1 刷　2023 年 08 月
定價　400 元
ISBN：978-626-97221-9-8
EISBN：9786269759316（PDF） 9786269759309（EPUB）

國家圖書館出版品預行編目 (CIP) 資料

噢，柯南 / 唐捐著 . -- 初版 . -- 新北市 : 堡壘文化有限公司雙囍出版 : 遠足文化事業股份有限公司發行 , 2023.07

面；　公分 . -- (雙囍文學 ; 17)
ISBN 978-626-97221-9-8(平裝)

863.51　　112008489